DAS MÄDCHEN UND DER SOLDAT

ALINE SAX

Mit Bildern von
ANN DE BODE

Aus dem Niederländischen von
MIRJAM PRESSLER

VERLAGSHAUS JACOBY STUART

DAS MÄDCHEN

Die Sonne scheint. Die Wärme ihrer Strahlen wird noch verstärkt durch das Fensterglas. Das Mädchen sitzt am Tisch. Sie dreht den Kopf, lässt die Wärme auf ihr Gesicht fallen und lächelt. Es wird wieder Frühling. Sie liebt den Geruch des Frühlings. Die Soldaten im Dorf werden wieder freundlicher werden, wie im vergangenen Frühling. Vielleicht werden sie sogar so freundlich, dass sie den Krieg beenden. Dann kommt ihr Papa zurück. Das Mädchen lauscht auf die Geräusche im Haus. Der Lärm der Gäste klingt wie ein einziges lautes Durcheinander, aber sie trennt die Klänge voneinander, einen vom anderen. Das plätschernde Stimmengewirr. Gelächter und aufsteigendes Rufen. Das Kratzen von Stuhlbeinen. Das Klingen aneinanderstoßender Gläser und das Klirren von Besteck auf Tellern. Für Mama ist das harte Arbeit. Nun, da Papa nicht da ist, muss sie allein das Wirtshaus am Laufen halten.

Die Soldaten können sehr unhöflich sein. Zum Glück hilft ihr Tantemie. Vor Tantemie haben die Soldaten Angst. Sie kann sehr laut werden, und wenn sie nein sagt, ist es nein. Dann kreuzt sie die Arme vor der Brust, und keiner traut sich, ihr zu widersprechen.

Das Mädchen schiebt den Stuhl zurück und steht auf. Sie will bei diesem schönen Wetter nicht drinnen bleiben. Durch die Küchentür läuft sie hinaus. Selbst das Holz der Tür ist warm von der Frühlingssonne. Der Weg vor dem Wirtshaus ist ungepflastert und führt in die Felder. Ihr Haus ist das letzte des Dorfes. Ein seltsamer Ort für ein Wirtshaus, haben die Leute früher gesagt, aber Großvater hat nicht auf sie gehört, und jetzt, vierzig Jahre später, ist es die meistbesuchte Wirtschaft im Dorf. Das Mädchen überquert den Weg. Mit festem Schritt läuft sie zu der Holzbank, die direkt gegenüber dem Wirtshaus steht. Das ist ihre Bank. Hier kann sie stundenlang sitzen. Sie lauscht auf die Geräusche von den Feldern und aus dem Wirtshaus. Man erfährt viel, wenn man auf alles hört, was aus der Wirtschaft kommt. Wenn die Menschen getrunken haben, erzählen sie Dinge, die sie sonst nie sagen würden. Und niemand achtet auf ein Mädchen, das auf einer Bank auf der anderen Straßenseite sitzt.
Siebzehn Schritte.

Das Mädchen streckt die Hände aus, und tatsächlich, da ist die Bank. Sie setzt sich dicht an die Lehne. Und dann merkt sie es.

Auf der Bank sitzt noch jemand. Ein Soldat. Er riecht nach Schweiß und Schlamm und Blut. Wie alle Soldaten. Doch darunter, ganz tief, kaum noch spürbar, nimmt sie einen anderen Geruch wahr. Ein Geruch, den sie nicht kennt. Sie atmet tief ein. Ein warmer Geruch, wie von gerösteten Nüssen. Aber Nüsse, die sie noch nie gerochen hat.
Er sagt nichts.
Und sie sagt auch nichts. Sie dreht ihr Gesicht in die Sonne und spürt, dass der Soldat neben ihr das Gleiche tut.

DER SOLDAT

Die Sonne scheint, aber ihre Strahlen wärmen ihn nicht. Nicht wie zu Hause. Die Winterkälte ist in seine Knochen gekrochen. Er hat ein Gefühl, als würde er nie wieder warm werden. Er kann sich fast nicht mehr an die Wärme seiner Heimat erinnern. Eine Sonne, die die Luft erzittern lässt, eine Sonne, die einen bis tief unter die Haut erwärmt. Hier gibt es das nicht. Die wässrige Sonne, die hier scheint, berührt einen kaum, ist wie ein flüchtiges Streicheln. Trotzdem genießt er sie. Seit langer Zeit scheint die Sonne wieder, zum ersten Mal. Er hat sich nie vorstellen können, dass die Welt so kalt sein könnte. Er genießt es, auf dieser Bank zu sitzen. Einfach so. Mit der Sonne auf dem Gesicht. Er genießt es, noch am Leben zu sein. Sterben im Winter ist das Schlimmste, was einem passieren kann, findet er.

Auf der anderen Straßenseite steht das Wirtshaus. Das Lachen der Gäste dringt in Wellen aus den offenen Fenstern nach draußen. Der Soldat hört nicht hin. Er darf nicht hinein. Das wollen die Leute nicht. Sie haben Angst vor ihm.

Er sieht es in ihren Augen. Er merkt es an ihren Schritten, wenn sie schnell an ihm vorbeilaufen. Aber er versucht, es zu ignorieren. Nicht sie sind es, für die er kämpft. Er kämpft, um wieder nach Hause zu dürfen. Zu seiner Frau. Und zu seinem Sohn. Sie verstehen nicht, was er hier tut, so weit weg von zu Hause. Und eigentlich begreift er selbst es auch nicht. Aber Fragen hilft nichts. Er muss am Leben bleiben. Um wieder in die Wärme seines Landes zurückzukehren.
Das ist alles.

Ein kleines Mädchen kommt aus dem Wirtshaus. Sie trägt ein weißes Kleid mit einer blauen Schleife. Es ist seltsam, so etwas Schönes zu sehen. Kein Schlamm. Kein Blut. Mit erhobenem Kopf und kerzengeradem Rücken überquert sie die Straße. Sie setzt ihre Schritte sehr vorsichtig. Als würde sie über jeden einzelnen nachdenken. Als sie die Bank erreicht, streckt sie die Hände aus. Sie tastet über das Holz. Als wäre sie nicht sicher, dass die Bank wirklich da ist. Und dann setzt sie sich. Sie schiebt sich nach hinten, bis an die Rücklehne. Ihre Füße baumeln über den Boden. Sie sagt nichts.

Der Soldat schaut sie an. Über ihren Augen liegt ein milchweißer Schleier. Der Soldat fragt sich, ob er etwas sagen soll. Weiß sie, dass er hier sitzt? Aber er sagt nichts. Er lehnt sich zurück und schließt die Augen.
Er versucht, genau wie sie, die Sonne zu spüren und die Geräusche der Umgebung wahrzunehmen.

DAS MÄDCHEN

Am Tag darauf sitzt er wieder da. Das Mädchen wartet, dass er etwas sagt, aber der Soldat schweigt. Also setzt sie sich wieder, mit dem Rücken an der Lehne. Sie atmet tief ein und behält seinen Geruch eine Weile in ihrer Nase, bevor sie wieder ausatmet. Ganz vage riecht sie ihn wieder, den warmen Duft gerösteter Nüsse. Was ist das bloß? Es gibt viele Gerüche, die sie nicht sofort erkennt, aber nie sind sie so … *anders*, wie es dieser ist. Er macht sie neugierig. Sie versucht, den Geruch des Soldaten zu entwirren, so wie sie es mit Geräuschen tut. Sie nimmt den Schweiß weg, den Schlamm, das Blut und alle anderen Soldatengerüche. Doch der fremde Geruch wird so dünn, dass sie ihn nicht greifen kann.

Sie gibt es auf.

„Woher kommst du?“, fragt sie.

Der Soldat holt tief Luft und schweigt.

Vielleicht ist es unhöflich, einen Soldaten zu fragen, woher er kommt. Ist er böse?

Sollte sie sich entschuldigen?

„Afrika“, sagt er dann so leise, als verrate er ein Geheimnis.

Afrika. Dieser neue Geruch ist Afrika, denkt das Mädchen und atmet tief ein. Das hat sie noch *nie* gerochen. Afrika.

„Hast du keine Angst vor mir?“, fragt der Soldat plötzlich. Er hat eine dunkle Stimme, die zu dem Nussgeruch passt.

„Warum sollte ich Angst haben?“, fragt das Mädchen erstaunt. Er ist doch nicht böse geworden, oder? Er sitzt ganz einfach da. Auf der Bank. Um die Sonne zu genießen. Davor braucht sie doch keine Angst zu haben?

„Jeder scheint Angst vor mir zu haben.“

„Nun, ich nicht“, sagt das Mädchen, ohne darüber nachzudenken.

Der Soldat rutscht unbehaglich auf der Bank hin und her. Das Mädchen versteht es nicht.

„Warum haben die Menschen Angst vor dir?“

Der Soldat schweigt, als denke er darüber nach.

„Hast du Angst vor ihnen?“, fragt sie.

Wieder denkt er nach. „Eigentlich schon“, sagt der Soldat zögernd. „Wenn du siehst, was für schreckliche Dinge sie erfinden, um sich gegenseitig umzubringen.“

Das Mädchen kann sich nicht vorstellen, was für schreckliche Dinge die Soldaten erfunden haben. Aber das Heulen des

Ambulanzwagens, der so oft am Wirtshaus vorbei ins Dorf fährt, kennt sie sehr wohl. Und auch den Geruch von Faulbrand und von Giftgas, das in den Uniformen der Soldaten hängt, hat sie im vergangenen Jahr nur allzu gut kennengelernt. Jedes Mal, wenn der Ambulanzwagen vorbeifährt, hält sie die Luft an. Sie will diese Gerüche nicht riechen, nicht schmecken. Aber ihre Ohren bleiben weit offen, sie hofft und fürchtet zugleich, die Stimme ihres Vaters zu erkennen. Aber das Jammern hört sich immer gleich an. Die Klänge haben aufgehört, die Stimmen von Vätern zu sein.

Jemand ruft ihren Namen. Es ist Mama, auf der anderen Seite der Straße. Ihr Stimme klingt böse und beunruhigt. Als würde sie, ihre Tochter, etwas Gefährliches tun.

Das Mädchen lässt sich auf den Boden rutschen.

„Bis morgen", sagt sie zu dem Soldaten und läuft siebzehn Schritte in die Richtung ihrer Mutter.

Der Soldat sieht das Mädchen aus dem Wirtshaus treten und lächelt. Als sie näherkommt, lächelt sie ebenfalls. Sie weiß, dass er da ist. Obwohl er nichts sagt. Das Mädchen klettert auf die Bank und setzt sich hin, den Rücken an die Lehne gedrückt. Er schaut sie an. Sie trägt dasselbe Kleid wie gestern. Warum sitzt sie immer hier?, fragt er sich. Hat sie keine Freundinnen? Er schaut hinüber zum Wirtshaus. Keine Brüder oder Schwestern?

„Woher kommst du?" Das Mädchen stellt eine ganz einfache Frage.

Er denkt nach, kann ihr aber nicht antworten. Es gibt keine Worte, um die ausgedehnten Sandflächen zu beschreiben, die sich am Horizont in einem flimmernden Himmel auflösen, die Ziegen, die grüppchenweise Schatten unter dünnen Bäumen suchen und langsam Blätter kauen, seinen Platz am Stamm des mächtigen Baobabbaums, seine Hütte, in der es dämmrig und kühl ist und wo es nach gerösteten Karitéfrüchten riecht, das Lachen seines Sohnes und die weiche warme Haut seiner Frau.

Afrika", sagt er. Alle Bilder in seinem Kopf verschwimmen, als er daran denkt, was dieses Wort für die Menschen hier bedeutet. Er schaut das Mädchen an, das weiter ruhig auf der Bank sitzen bleibt.

„Hast du keine Angst vor mir?", fragt er neugierig.

„Warum sollte ich Angst vor dir haben?"

„Jeder scheint Angst vor mir zu haben."

Das Mädchen schüttelt den Kopf. „Ich nicht", sagt sie einfach.

Der Soldat lächelt.

Auf der anderen Straßenseite gehen zwei Männer. Sie starren zu ihnen herüber und flüstern. Aber als sie merken, dass er sie anschaut, betreten sie schnell das Wirtshaus.

„Warum haben die Menschen Angst vor dir?", fragt das Mädchen.

Der Soldat hebt die Schultern hoch. Diese Frage hat er sich selbst auch schon oft gestellt. Er kennt die Antwort nicht. Und das macht ihn traurig. Warum haben die Menschen Angst vor ihm? Anfangs hat er versucht, besonders freundlich zu sein. Aber es nützte nichts. Nun wendet er sich von ihnen ab. Und denkt an zu Hause.

„Und du, hast du Angst vor ihnen?", fragt sie plötzlich.

Das hat sich der Soldat noch nie gefragt. „Eigentlich schon“, gibt er zu. Er versteht sie nicht, die Männer, die die Fäden ziehen, die über so viele Leben bestimmen. Zwei weiße Soldaten erreichen das Wirtshaus. Sie werfen ihm diesen seltsamen Blick zu, schauen einander an, flüstern etwas und blicken wieder in seine Richtung. Der Soldat möchte sich unsichtbar machen. In der Bank verschwinden. Immer wieder gibt es solche Blicke. Er kann sich nicht in der Umgebung auflösen, er fällt immer auf. Erst als die Männer im Wirtshaus sind, fällt ihm auf, dass er die Luft angehalten hat. Das Mädchen merkt nichts von seinem Unbehagen. Sie baumelt mit den Füßen über dem Boden und scheint nachzudenken. Sie anzuschauen, macht ihn wieder ruhiger. Er möchte sie etwas fragen, weiß aber nicht genau, was. Sie hat keine Angst vor mir, denkt er und lehnt sich zurück. Die Frau vom Wirtshaus kommt heraus. Sie schaut ihn böse an und ruft nach ihrer Tochter. Das Mädchen lässt sich folgsam von der Bank gleiten.

„Bis morgen“, verspricht sie.

„Bis morgen“, antwortet der Soldat leise, obwohl er weiß, dass er morgen nicht hier sein wird.

DAS MÄDCHEN

Am Tag darauf ist der Soldat nicht da. „Die Neger sind wieder an die Front gezogen“, hört sie die Leute im Dorf sagen und erleichtert seufzen. Die Atmosphäre verändert sich, wenn sie von weißen Soldaten abgelöst werden. Die Leute schauen seltener über ihre Schulter zurück. Sie halten ihre Geldbeutel weniger krampfhaft fest, und Kinder bekommen wieder mehr Platz zum Spielen. Das Mädchen sitzt auf der Bank und wartet. Sie weiß, dass er zurückkommen wird. Alle sechs Tage kommen die Truppen, um sich im Hinterland auszuruhen. Am sechsten Tag geht sie schon sehr früh zur Bank. Und als die Sonne am wärmsten ist, hört sie ihn kommen.

„Bist du wieder da?“ Das Mädchen lächelt, als sie seine dunkle Stimme hört.

So geht es weiter. Sechs Tage warten, und dann ist er drei Tage im Dorf. Wenn er im Dorf ist, kommt er immer zur Bank. Er erzählt ihr von seinem Zuhause. Mit langsamen Worten und vorsichtigen Sätzen nimmt er sie mit auf die Reise. Er erschafft Afrika in ihrem Kopf. Und wenn er wieder an der

Front ist, lässt sie seine Worte wieder aufklingen. Sie zählt die Tage und denkt nicht daran, was passieren könnte. Sie achtet nicht auf das, was die Menschen sagen. Sie reden über ihren Kopf hinweg, als wäre sie nicht nur blind, sondern auch taub.

„Eine Schande ist es, dass sich das Kind mit dem Neger abgibt."

„Darf der eigentlich da sitzen? Muss er nicht mit dem Rest seiner Sorte in der Baracke bleiben?"

„Meine Nachbarin hat erzählt, dass einer der Männer sie kaufen wollte. Für einen Franc! Sie hat ihm einen Klaps auf die Hand gegeben und gesagt, dass sie verheiratet ist."

„Sie soll sich in Acht nehmen, wer weiß, was sie tun, wenn sie nicht bekommen, was sie wollen. Sie sind Wilde, sie kennen ihren Platz nicht."

„Dieses Mädchen, wenn ich ihre Mutter wäre …"

Dann hat das Mädchen Lust, ihnen irgendetwas zuzurufen. Aber sie tut es nicht. Sie tut, als würde sie sie nicht hören, und geht im Kopf auf die Reise. Sie weiß, dass Mama durch das Fenster zu ihr herüberschaut. Und dass sie auf ihre Tochter aufpasst. Dass sie sich mit kurzen Knackgeräuschen auf die Nägel

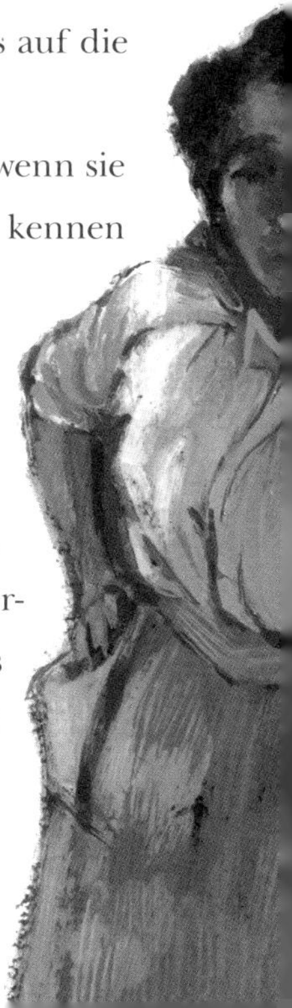

beißt. Aber dass die Tante zu ihr sagt, das ist nicht schlimm, sie sitzen doch nur auf der Bank und unterhalten sich.
Und das findet sie schön. Die Geschichten, die er über Afrika erzählt, sind ganz anders als die Geschichten, die die Gäste in der Wirtschaft über Afrika erzählen. Seine Worte schmecken anders als die Worte der Menschen hier. Ihre Worte sind hart und bitter. Als würden sie sich die Zähne auf Kieselsteinen kaputtbeißen. Seine Worte sind weich und warm. Sie liebt es, seine seltsamen Laute und neuen Worte zu hören. Dann lehnt sie sich zurück und lässt sich überschwemmen. Sie lächelt, als er ihr von seinem kleinen Sohn erzählt, und über die Ziegen. Sie muss dann an ihren eigenen Vater denken. An die Ziege, die er ihr mitgebracht hat. Lange, bevor er in den Krieg zog … Sie wünscht sich, sie hätte nicht an Papa gedacht. Es macht ihren Kopf schwer. Aber manchmal kann sie nicht anders. Dann springen seine Stimme, der Geruch seines Bartes und die Kraft seiner Arme einfach in ihren Gedanken auf, wie eine Schachtel, die aufbricht.
„Ich habe ein Stück von zu Hause bei mir“, sagt der Soldat plötzlich. Und er drückt ihr etwas in die Hand. Es ist schwer. Aus Holz. Weich und rund auf der einen Seite und rau an der

anderen Seite. Sie ertastet den Gegenstand mit den Fingern. Mit einem Büschel harter Haare oben, wie die Mähne eines Pferdes. Mit drei Löchern als Augen und Mund.

„Es ist eine kleine Maske", sagt der Soldat leise. Das Mädchen hebt sich die Maske ans Gesicht. Der starke Geruch fällt über sie her. Derselbe dunkle Geruch wie von gerösteten Nüssen, doch tausendmal so stark und nicht durch Soldatengeruch verwischt. Ein Holzfeuer. Sie riecht auch Holzfeuer. Der Geruch passt zu seinen Geschichten.

„Es ist … es bringt … Gutes", sagt der Soldat zögernd. Sie hält die Maske an die Nase. Sie weiß nicht, was er mit diesen Worten sagen will, aber sie nickt. Das ist wirklich Afrika. Das ist sein Zuhause. Sie bewahrt den Geruch in ihrem Kopf, gut abgeschirmt gegen die anderen Gerüche, in einer neuen Schachtel, mit einem neuen Etikett darauf. Afrika. Wenn er wieder etwas erzählt, wird sie die Schachtel leicht finden. Dann gibt sie ihm die Maske zurück.

„Du darfst sie nicht verlieren", sagt sie und hält die Maske fest, bis sie spürt, wie er seine Finger darum schließt.

Am folgenden Tag kann er nicht zur Bank kommen. Die Ruhe ist vorbei, und seine Einheit zieht wieder zur Front. Drei Tage Frontlinie, drei Tage hinter der Front. Sechs Tage Angst und Wahnsinn. Die Ruhe im Hinterland scheint eine andere Welt zu sein. Die Minuten an der Front dauern länger, die Nächte sind dunkler und die Tage kälter. Aber der Gedanke an die Ruhe hält ihn aufrecht. Jedes Mal, wenn er zurückkommt, sitzt das Mädchen auf der Bank. Er erzählt ihr von zu Hause. Und sie hört zu. Es ist ein Aufatmen, weg sein zu können, weg vom Schlamm, von den Ratten und den Bajonetten, weg von seinen Kameraden, die den Krieg in den Augen tragen, weg von diesem kalten nassen Land. Auf der Bank existieren nur er und das Mädchen und die Worte zwischen ihnen. Er achtet nicht auf die Dorfbewohner, die sie anstarren. Die sehen wollen, ob er abgeschnittene Ohren von Deutschen an seinem Gürtel hängen hat. Die miteinander flüstern, wenn sie ins Wirtshaus hineingehen. Er achtet nur auf die Erinnerungen, die er mit ihr teilt.

Manchmal muss er nach Worten suchen.

Er ist nicht daran gewöhnt, mit diesen fremden Worten über zu Hause zu sprechen. Die Sprache der Weißen hat zu wenig Wörter für seine Welt. Aber er spürt, dass das Mädchen versteht, was er sagt. Er sieht, wie sie alle Worte in ihrem Kopf speichert. Ab und zu stellt sie eine Frage, und dann bemüht er sich, ihr noch genauer zu erklären, was er erzählen will. Manchmal fragt er sich, ob sie es sich wohl vorstellen kann. Weiß sie, wie ein Baum aussieht? Weiß sie, wie groß ein sehr großer Baum werden kann? Aber wenn er von seinem Sohn und den Ziegen erzählt, denen er hinterherläuft, lächelt sie.
„Wir hatten früher auch eine Ziege", sagt sie. „Die hat Papa gekauft." Ihr Gesicht verdüstert sich. „Papa ist auch im Krieg." Sie lässt den Kopf sinken und fummelt an ihrem Kleid.
„Ich habe ein Stück von zu Hause bei mir." Er holt die kleine Maske aus seiner Tasche und legt sie ihr in die Hände. Ihre dünnen Finger betasten jeden Zentimeter, als könnten die Bewegungen Bilder in ihrem Kopf malen, sodass sie die Maske doch sehen kann.
„Es ist eine kleine Maske", erklärt er. Aber er kann nicht erklären, wie wertvoll sie für ihn ist. Er kennt die Wörter nicht, um ihr zu erzählen, dass diese Maske alle Kräfte seiner Vorfahren

besitzt. Und dass sie ihn beschützen. Er kann ihr nicht erzählen, wie mächtig die Vorfahren sind. Wie sie jede Phase im Leben eines Menschen bestimmen. Wie wichtig die Masken als Träger ihrer Kräfte sind. Er möchte ihr von den großen Masken zu Hause erzählen. Wie schwierig es ist, sie herzustellen, und wie schwer sie sind, wenn man mit ihnen tanzt.

„Es ist … es bringt … Gutes", sagt er also nur. Das Mädchen hebt sich die Maske ans Gesicht. Einen Moment lang fürchtet er, sie könnte sie aufsetzen. Aber sie hält nur ihre Nase daran. Es scheint, als könne sie den Wert riechen.

„Du darfst sie nicht verlieren", sagt sie, als sie ihm die Maske zurückgibt. Der Soldat hält sie noch einen Moment fest und betrachtet das vertraute Holz. Ein kleines Stück Zuhause.

DAS MÄDCHEN

Die Sonnenstrahlen dringen heute nicht durch die dicke Wolkenschicht, aber das Mädchen weiß, dass es Nachmittag ist. Und noch immer ist der Soldat nicht zur Bank gekommen. Die *Tirailleurs*, wie die anderen Soldaten sie nennen, hätten heute Nacht ins Dorf kommen müssen. Aber sie sind nicht da. Die Soldaten, die sie ablösen sollten, sind zur Frontlinie losgezogen, aber die Tirailleurs sind nicht zurückgekommen. Das Mädchen wackelt mit den Füßen und wartet. Sie ist sicher, dass sie an diesem Tag kommen werden. Sie sind aufgehalten worden, das ist alles. Vielleicht war der heftige Regen heute Nacht schuld. Da läuft man nicht so leicht. Sie hält das Brot auf ihrem Schoß fest. Er wird bestimmt Hunger haben, wenn er so lange marschieren musste. Als der Soldat das letzte Mal an die Front ging, hat er ihr erzählt, dass ihm das Essen bei der Armee nicht besonders schmeckt. „Früher haben unsere eigenen Köche das Essen zubereitet, genau wie zu Hause, aber das geht jetzt nicht mehr." In seiner Stimme lag Bedauern. Deshalb hat sie gestern ein Brot gebacken. Mama hat alle Zutaten für sie abgewogen. Und sie hat geknetet. Bis alles ein dicker, geschmeidiger Teig geworden ist. Sie mag es, Teig zu kneten. Es gefällt ihr, wie er an ihren Fingern klebt und wie sich der Duft des Mehls mit dem von Wasser und Hefe mischt. Wie das Mehl von der dicken Masse aufgenommen wird. Als der Teig fertig geknetet war, hat Mama ihn in den Ofen geschoben. Sie blieb die ganze Zeit davor sitzen. Während es draußen regnete, wärmte die Hitze des Ofens ihr Gesicht, und langsam drang der Duft des Brotes durch die Ofenritzen, bis die ganze Küche danach roch. Dann war das Brot gebacken. Die ganze Nacht hat es abgekühlt.

Ihr Brot wird ihm bestimmt schmecken, denkt das Mädchen und lächelt. Sie schlägt eine Ecke des Tuchs auf und riecht noch einmal. Der Brotgeruch öffnet alle möglichen Schachteln mit warmen Erinnerungen. Wenn der Soldat wieder zurück ist, will sie ihm ein bisschen was erzählen. Über Brot. Und über Papa.

Aber der Soldat kommt nicht. Sie lauscht angespannt auf die Geräusche von der Straße, aber es bleibt still. Nur aus der Richtung des Dorfes kommen Menschen. Sie halten nicht inne, sie sagen nichts, sie gehen direkt zur Wirtschaft. Das Mädchen macht sich wieder auf die Reise nach Afrika. Sie öffnet die Schachtel mit dem Maskengeruch und denkt an die Ziegen, die im Schatten der Bäume Blätter kauen. Sie ist nicht beunruhigt. Sie weiß, dass er kommen wird. Also wartet sie. Sie kann unglaublich gut warten.

Aber sogar am Abend, als Mama sie zum Essen ruft, sind die Tirailleurs noch nicht im Dorf angekommen. Mit schweren Beinen lässt sich das Mädchen von der Bank gleiten. Sie lässt das Brot auf der Bank zurück. Vielleicht kommt er ja heute Nacht zurück. Und dann hat er bestimmt Hunger. Er wird der Einzige sein, der auf der Bank nachschaut. Weil er weiß, dass sie einen ganzen Tag lang auf ihn gewartet hat. Das Mädchen dreht sich um, zählt siebzehn schwere Schritte und betritt das Haus. Nach dem Essen lässt ihre Mutter sie nicht mehr nach draußen, sie bleibt am offenen Küchenfenster sitzen. Die Wirtshausgäste gehen wieder nach Hause. Mama stellt die Stühle auf die Tische und fegt den Boden. Die Tante macht die Fensterläden zu und schließt die Tür ab. Aber auf der Straße bleibt alles still.

DER SOLDAT

Es ist dunkel. Stockdunkel. Noch dunkler als die Nacht. Er sieht keine Sterne, keinen helleren Himmel. Vorsichtig versucht der Soldat, seinen Arm zu bewegen, um zu schauen, ob er seine hellere Handinnenfläche sehen kann, aber er kann sich nicht bewegen. Es ist, als ob er von einer gewaltigen Faust zu Boden gedrückt wird. In seinen Ohren pfeift es, und langsam, wie ein aufflackerndes Feuer, steigt ein brennender Schmerz von seinem Unterschenkel auf. Der Schmerz kriecht über sein Knie und den Oberschenkel bis in den Bauch, drückt auf die Brust und erfüllt seinen ganzen Körper. Er kann nur den Kopf bewegen. Er riecht Sand. Ganz allmählich erinnert er sich an das, was passiert ist. Sie waren schon bereit, in das Dorf zurückzukehren. Einen Tag später als versprochen, aber endlich durften sie wieder weg. Alle waren aufgedreht. Doch dann. Ein Bombardement. Jeder rannte in die Schützengräben. In die Erde eingegrabene Höhlen, verstärkt mit Holzbalken. Ein Volltreffer auf ihren Schützen-

graben. Er hörte das Schreien seines Kameraden. Und dann wurde alles schwarz. Der Soldat schnappt nach Luft. Die kleine Maske! Er muss wissen, ob die Maske noch in seiner Tasche ist. Aber er kommt mit der Hand nicht an die Tasche. Der Soldat atmet schwer. Die Luft ist heiß. Er muss hier weg! Er wird hier ersticken. Rote Panik flammt durch seinen Körper. Er versucht erneut, sich zu bewegen, aber der Schmerz raubt ihm den Atem. Sein rechtes Bein ist eingeklemmt. Ein Balken des eingestürzten Grabens drückt auf seine Brust. Sein Arm liegt seltsam abgewinkelt unter seinem Körper, aber er kann ihn nicht freibekommen. Seine Kehle ist strohtrocken. Er hat Sand in der Nase, in den Augen. Er muss hier weg! Er wird hier ersticken. Sein Schrei ist nicht mehr als ein heiseres Krächzen. Vorsichtig atmen, denkt er. Vorsichtig atmen, damit er nicht zuviel Luft verbraucht. Aber er kann die abgehackten Atemstöße nicht kontrollieren. Wissen die anderen aus seinem Zug, dass er hier ist? Wo ist sein Kamerad? Werden sie den Schützengraben aufgraben? Wie lange wird es dauern, bevor sie ihn vermissen? Er wird hier ersticken! Vorsichtig atmen, ermahnt er sich. Das Herz klopft ihm bis zum Hals. Ruhig, ruhig. Er atmet langsam ein … und aus. Hört er etwas? Graben sie ihn aus? Aber das einzige, das er hört, ist das Rauschen seines Blutes in den Ohren.

Der Soldat weiß nicht, wie lange er schon verschüttet ist. Es könnte eine Minute sein, aber auch eine Stunde oder ein Tag. Es gibt nichts, wonach er sich richten kann. Seine Augen sind geschlossen, sein Atem geht ruhiger. Er spürt, wie die Luft mit jedem Atemzug verbrauchter wird. Er lauscht auf das Klopfen seines Herzens und wartet darauf, dass es immer langsamer wird und irgendwann aufhört zu schlagen. Er denkt an seine Frau. Sie werden ihr einen Brief schreiben, den sie aber nie bekommen wird. Trotzdem wird sie es wissen. Und sie wird es nicht begreifen. Sie wird sich nie vorstellen können, wie er gestorben ist. Er denkt an seinen Sohn, der noch nicht stark genug ist, um die Sorge für seine Mutter und den Acker zu übernehmen. Sein Bruder wird sich wohl ihrer annehmen. Alles wird gut werden.

Erde fällt auf sein Gesicht. Sehr weit weg hört er Stimmen. Das Schlagen von Geräten. Aber er ruft nicht. Seine Kehle ist trocken, seine Lippen sind aufgesprungen. Er denkt an seinen Acker. An die starke Sonne, die ihn bis unter die Haut erwärmen kann und die Erde bersten lässt. Noch mehr Sand rieselt auf sein Gesicht. Und plötzlich fällt Licht in die dicke Dunkelheit. Er spürt frische Luft. Eine Hand greift nach ihm. *Ama*, denkt er und gleitet langsam hinein in eine neue Finsternis.

DAS MÄDCHEN

Sie fühlt sich leicht, als sie am nächsten Morgen aufsteht. Heute ist der Soldat bestimmt da. Sie kann es fast nicht erwarten, zur Bank zu gehen. Doch erst muss sie ihr Brot aufessen, ihre Milch trinken und sich die Haare kämmen lassen.

„Willst du heute nicht im Haus bleiben, Schatz?“, fragt Mama, während ihre Fingerspitzen über ihren Kopf tanzen.

„Nein.“ Das Mädchen schüttelt den Kopf. „Vielleicht kommt er heute wieder.“ Mama seufzt und schweigt. Sie bewegt ihre Finger nicht mehr, sondern lässt die Hände schwer auf dem Kopf des Mädchens ruhen.

„Was ist, wenn er nicht zurückkommt?“ Sie sagt es leise, als würde sie mit sich selbst sprechen. „Vielleicht sind sie in ein anderes Dorf gegangen“, sagt sie lauter, und ihre Finger flechten weiter.

Das Mädchen glaubt nicht, dass er in ein anderes Dorf gegangen ist. Er würde nie weggehen, ohne ihr Bescheid zu sagen. Sie läuft schnell hinaus.

„Nicht rennen!“, ruft Mama ihr nach. Sie hat Angst, sie könnte hinfallen oder gegen irgendetwas stoßen. Aber das Mäd-

chen kennt die Umgebung des Hauses besser als ihre Mutter. Sie kennt jede Kuhle und jeden Stein. Sie weiß genau, wie viele langsame Schritte es von der Küche zur Bank sind. Und wie viele Laufschritte.
Doch als sie an der Bank ankommt, lässt sie die Schultern sinken. Das Brot liegt immer noch da. Das Tuch ist feucht vom Tau. Sie wickelt das Brot aus und lässt die Hände darüber gleiten. Kein einziges Stück ist abgebissen. Mit schweren Bewegungen steigt sie auf die Bank. Sie legt sich das Brot in den Schoß. Sie ist so überzeugt gewesen … Eine Träne wächst in ihrem Augenwinkel und läuft über ihre Wange. Mit dem Handrücken wischt sie sie weg. Bestimmt kommt er heute!

Aber als die ersten Grüppchen Soldaten zur Wirtschaft kommen, ist der Soldat immer noch nicht da. Das Mädchen rutscht von der Bank. Sie wickelt das Brot wieder in das Tuch, nimmt es unter den Arm und holt tief Luft. Die Soldaten ziehen immer über diese Straße ins Dorf. Sie weiß nicht, woher sie kommen, aber sie nehmen diese Straße. Deshalb macht sie sich auf den Weg.
In diese Richtung ist sie noch nie gegangen.

Nach dem Wirtshaus gibt es nichts mehr, sagt Mama immer. Nur noch Felder. Dahin brauchst du nicht zu gehen. Doch die Soldaten kommen nicht aus den Feldern. Sie kommen von weiter weg. Die Männer aus dem Dorf, die vor dem Krieg aus den Feldern kamen, haben nach Schweiß und Heu und warmer Erde gerochen. Die Soldaten riechen anders. Sie riechen nach einem Ort, der noch viel weiter entfernt ist. Von der Front. Das Mädchen weiß nicht, was sie sich darunter vorstellen soll. Es ist ein Ort, über den ihr keiner etwas erzählen will. Wie die Hölle. Oder das Haus der Madame und ihrer sieben Töchter. Aber wenn sie wissen will, wo der Soldat ist, muss sie dorthin. Zur Front.

Mit einem Fuß geht sie auf der Straße, mit dem anderen auf dem Bürgersteig. So fühlt sie, wenn der Weg eine Biegung

macht. Das Lärmen der Soldaten in der Wirtschaft verweht schon bald. Und dann hört sie nur noch ihre eigenen Schritte und das Gezwitscher der Schwalben. Je länger sie geht, umso ausgedehnter fühlt sich die Landschaft an. Wie weit die Front wohl entfernt ist? Sie klemmt das Brot fester unter den Arm.

Das Mädchen läuft und läuft. Nach dreihundert Schritten geht sie noch weiter. Bis vierhundert, fünfhundert, bis sie ihre Schritte nicht mehr zählen kann. Sie hält nicht inne, um sich auszuruhen, sie hält nicht inne, um nachzudenken. Sie lauscht und sie fühlt und sie läuft. Als sie keine Schwalben mehr hört, bleibt sie stehen. Sie atmet tief, aber der Wind verrät ihr nicht, wo sie ist. Sie schluckt. Nun, da sie aufgehört hat zu laufen, beginnt sie, zu überlegen. Was ist, wenn die Front sehr, sehr weit weg ist? Wie viele Schritte kann man an einem Tag zurücklegen? Und wird das reichen? Wo soll sie sonst schlafen? Sie weiß nicht mal mehr, wie viele Schritte es zurück nach Hause sind. Und ist sie wirklich immer den gleichen Weg gegangen? Gibt es hier noch andere Menschen? Sie kann nicht mehr so gut atmen, es ist, als wäre die Luft hier schwerer als zu Hause. Panik drückt ihr auf die Brust. Das Klopfen ihres eigenen Herzens in ihren Ohren scheint alle anderen Geräusche zu übertönen. Das Mädchen riecht am Brot. Doch der vertraute Geruch vertreibt die Angst nicht. Sie weiß nicht, wo sie ist. Sie weiß nicht, wohin sie will.

DER SOLDAT

Er fühlt sich leicht. Als treibe er auf unsichtbaren Wellen. Ist er in die andere Welt gegangen? Hat er seinen Körper zurückgelassen und ist seine Seele befreit? Kann er endlich zu seiner Frau zurückkehren? Sie würde fühlen, dass er da ist. Sie würde wissen, dass er tot ist, aber das Warten wäre vorbei, denn sie würde spüren, dass er zurückgekommen ist. Sein Bruder würde eine Maske aus Holz schnitzen und sie auf den kleinen Altar unter dem Baobab stellen. Dort würde er Ruhe finden. Und für immer wieder zu Hause sein. Plötzlich ziehen sich die Wellen unter ihm zurück, er landet mit einem harten Schlag auf dem Boden. Er hört Stimmen. Und als er die Augen öffnet, liegt er noch immer auf der Erde. Auf der kalten, verwüsteten Erde, die getränkt ist von Blut und Schmerz. Er liegt auf einer Tragbahre. An seinen Füßen steht ein Soldat. An seinem Kopf steht ein Soldat. Mit dem Bewusstsein kommt auch der glühende Schmerz zurück. Von seinem Bein aus verbreitet er sich in seinem ganzen Körper. Bis in den Kopf. Sie haben ihn in ein Feldlazarett gebracht. Vor ihm, neben ihm, hinter ihm warten noch weitere Sanitäter mit Verwundeten.

Alle stehen sie in einer Reihe, um in den Bunker hineingelassen zu werden. Doch der Zugang wird streng bewacht.
Ein Arzt kontrolliert, wer hinein darf. Sein Gesicht hat tiefe Furchen, die seine Miene verbergen.
„Zu schwer verwundet, raus."
„Nicht genug verwundet, raus."
Mit einem entschlossenen Kopfschütteln fällt er das Urteil. Ein Gott in einem blutigen Kittel. Der Soldat wird wieder hochgehoben, und ganz kurz erkennt er das Gefühl, wie auf unsichtbaren Wellen zu treiben. Langsam geht es vorwärts. Die Gruppe neben der Tür wächst. Ausgestreckte Hände, gekrümmte Finger versuchen, die Sanitäter festzuhalten, als diese sie zurücklassen. Aber ihr Schicksal ist besiegelt. Die Ärzte hier achten nicht auf Männer, sie achten nur auf Zahlen. „Wir müssen, verdammt noch mal, einen Krieg gewinnen", ruft der Arzt. „Jeder, den wir nicht zusammenflicken und zurückschicken können, bleibt draußen." Der stirbt dann eben vor der Tür.
Der Arzt beugt sich kurz über ihn, betrachtet sein Bein, schaut ihm ins Auge. Er richtet sich wieder auf, sagt einen kurzen Satz und macht eine unbestimmte Handbewegung.

Die Sanitäter bringen ihn in den Bunker, der befestigter ist als die Schützengräben in der vordersten Linie. In ihm brennt elektrisches Licht, es flackert im Rhythmus der Explosionen, die immer noch zu hören sind. Im Bunker ist die Luft heiß und schmutzig. Als wäre sie schon tausende Male durch die gleichen Kehlen ein- und ausgeatmet worden. Die Sanitäter heben ihn von der Tragbahre auf eine dünne Lage schmutziges Stroh auf dem Boden. Ärzte mit schmutzigen Kitteln laufen zwischen den Verwundeten umher. Einige liegen auf niedrigen Betten.

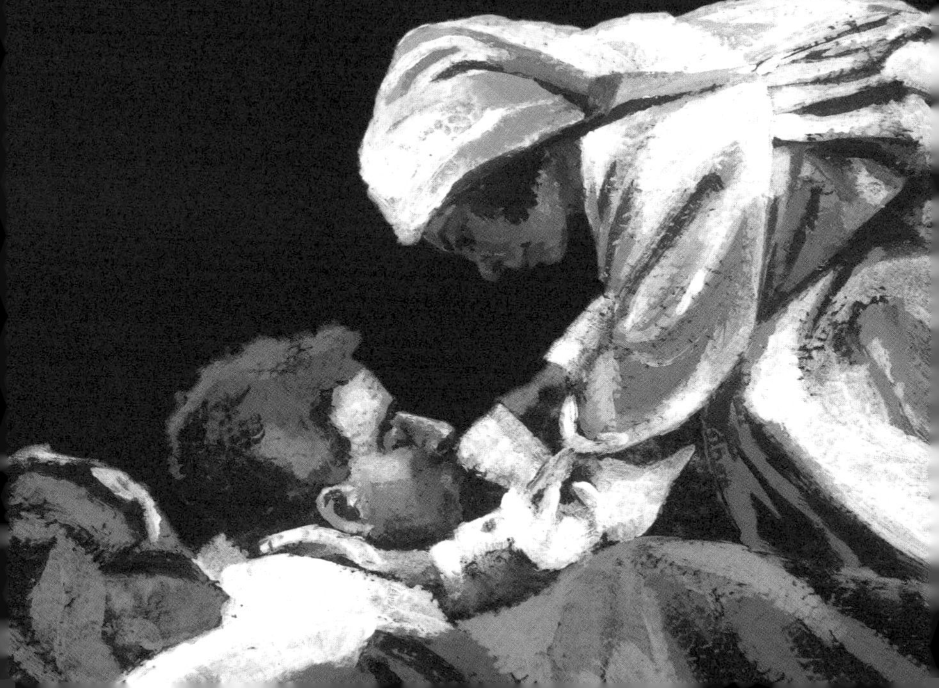

Viele sind es aber nicht. Andere liegen reglos auf dem Boden, mit Schweiß auf der Stirn. Daran sieht man, dass sie noch leben. Wieder andere sprechen einen Arzt an, der an ihnen vorbeigeht. Männer weinen und rufen flehentlich nach ihrer Mutter. Gebrochene Stimmen bitten darum, sterben zu dürfen. Hinter einem Schirm erklingt ein Schreien, das alles Jammern übertönt. Es hört sich an wie ein Tier, das geschlachtet wird.

Es gibt niemanden, der sich um ihn kümmert. Die Sanitäter sind hinausgegangen. Die Ärzte haben keine Zeit. Die Verwundeten sind in ihre eigenen Schmerzen versunken. Draußen vor der Tür liegt ein anderer Soldat. Sie schauen einander an. Ohne zu blinzeln. Warum liegt der dort und ich hier?, fragen sie sich beide.

Der Boden ist hart. Die Feuchtigkeit kriecht in seine Uniform. Er schließt die Augen und denkt an die Frühlingssonne. Und an das Mädchen in dem weißen Kleid.

DAS MÄDCHEN

Bewegungslos steht das Mädchen mitten auf der Straße. Tränen der Panik steigen in ihr auf, laufen über ihre Wangen. Bis sie dann doch ein Geräusch hört. Sehr weit entfernt. Ein klopfendes, jagendes Geräusch. Das Mädchen kniet sich hin und legt das Ohr auf den Boden. Pferdehufe. Ein Pferd galoppiert über die Straße. Und es kommt in ihre Richtung! Schnell rappelt sie sich hoch und wischt sich die Wangen ab. Sie stellt sich mitten auf die Straße und legt das Brot auf den Boden. Jetzt hört sie das Geräusch auch durch die Luft. Als die galoppierenden Pferdehufe näher kommen, streckt sie die Arme hoch. Sie hält die Luft an. Hat das Pferd sie gesehen? Wird es sie über den Haufen rennen?

Doch dann hört sie eine Stimme.

„Halt!"

Und das Pferd hält an. Als es vor ihr steht, lässt sie die Arme sinken.

„Was tust du hier?", fragt eine Stimme von oben.

„Ich bin auf dem Weg zur Front."

„Zur Front?", fragt der Mann erstaunt.

Sie hört ein Geräusch und einen leisen Plumps.
„Warum willst du zur Front? Das ist kein Ort für ein kleines Mädchen." Seine Stimme ist ganz nah.
„Ich suche einen Soldaten", sagt das Mädchen und dreht dem Mann das Gesicht zu. Der Mann schweigt. Das Pferd schnaubt.
„Allein?", fragt er endlich. Seine Stimme klingt ungläubig.
Das Mädchen nickt.
„Ich bin auch ein Soldat", sagt er und lacht kurz.
„Nicht irgendeinen Soldaten", antwortet das Mädchen kopfschüttelnd. „Er ist mein Freund. Er kommt aus Afrika. Ich habe ein Brot für ihn gebacken." Sie hebt das Brot auf und hält es hoch, um es ihm zu zeigen.
„Afrika?", fragt der Reiter. Er seufzt zweimal. Als ob er etwas sagen wollte und es sich anders überlegt.
„Es gab ein schweres Bombardement auf die Stellungen der Tirailleurs", sagt er nachdenklich, als spräche er mit sich selbst. „Nicht viele haben es über… Ich meine …" Der Reiter schweigt. Er räuspert sich, sagt aber nichts. Das Pferd scharrt mit den Hufen. „Vielleicht ist er im Feldlazarett", sagt der Mann schließlich. „Soll ich das Brot für ihn mitnehmen? Ich muss genau in diese Richtung."

Das Mädchen umklammert das Brot noch fester und schüttelt den Kopf.

„Du kennst ihn nicht", sagt sie. „Ich muss ihm das Brot selbst geben."

Der Reiter seufzt wieder, und sie spürt, dass er zweifelt. Sie bildet sich ein, dass er sie mit einer tiefen Falte zwischen den Augen anstarrt. Dass er vorwärts schaut, in die Richtung der Front. Und dann zurück, in die Richtung des Dorfes. Dass er sich fragt, ob er sie lieber nach Hause bringen soll. Oder doch zum Feldlazarett. Sie einfach hier zurücklassen, das kann er nicht. Aber er hat natürlich auch einen Auftrag, den er ausführen muss.

„Ich will ihm nur das Brot geben", sagt sie leise. Sie hält den Kopf schräg und beißt sich auf die Lippe. Das wirkt bei allen Erwachsenen.

„Gut", sagt der Reiter seufzend. Er hebt sie auf das Pferd. Das Fell des Tieres ist warm und weich. Sie hält sich an der Mähne fest, als der Soldat hinter ihr aufsteigt.

Das Pferd schaukelt, als es sich in Bewegung setzt. Das Mädchen klammert sich noch fester an die Mähne. Sie sitzt so hoch oben! Aber der Reiter lässt das Pferd nicht galoppieren.

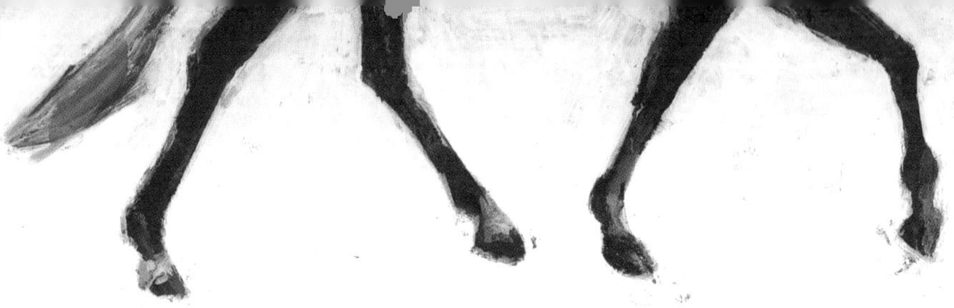

Es geht ruhig weiter, immer im selben Schritt. Und nach einer Weile entspannt sich das Mädchen.
„Braves Pferd", ermutigt sie das Tier und gibt ihm einen Klaps. Sie versucht, seine Schritte zu zählen, aber mit vier Beinen ist das viel schwieriger.

Das Feldlazarett ist weit. Sehr weit. Vielleicht noch weiter als die Front, denn es dauert lange, bevor sie ankommen. Das Mädchen sitzt nach hinten gelehnt, an der Brust des Reiters. Seine Arme, die die Zügel festhalten, sorgen dafür, dass sie nicht hinunterfallen kann. Das Pferdegeschaukel macht sie schläfrig. Sie hat heute so viele Schritte gemacht … so viel erlebt. Aber heute Abend wird sie dem Soldaten das Brot geben können. Sie lächelt, als sie an die warme Stimme denkt, mit der er sich bedanken wird. Bestimmt schmeckt ihm ihr Brot viel besser als das Armeeessen.

DER SOLDAT

Der Mann vor der Tür starrt ihn noch immer an. Aber seine Augen sehen nichts mehr. Er hat nichts gesagt, sich nicht bewegt, keinen Ton von sich gegeben. In einem Moment sahen seine Augen noch, im nächsten nicht mehr. So unbemerkt kann man hier sterben. Niemand weiß es. Nur der Soldat hat es gesehen. Er hat gesehen, wie die Seele des Mannes versunken ist, wie Wasser im Sand. Die Ärzte laufen an ihm vorbei, schauen aber nicht hin. Morgen früh werden sie die Toten zwischen den Verwundeten zusammensuchen. Sie werden eine Grube graben und die Leichen hineinwerfen. Kalk darüber streuen. Diese Toten haben Glück. Ihre Leichen können begraben werden. Von den Tausenden, die auf dem Schlachtfeld vermisst werden, werden die Seelen niemals Ruhe finden. Doch wenn sich die Frontlinien verschieben, werden Granaten auch diese Leichname wieder nach oben holen. Der ganze Krieg ist ein Kreislauf. Das Leben und der Tod. Man kämpft. Man wird verwundet. Man wird zusammengeflickt. Man kämpft. Man wird verwundet. Man wird zusammengeflickt. Man kämpft. Bis man stirbt.

Die Ärzte erlösen nicht. Sie sorgen dafür, dass man wieder bereit ist, um zu sterben. So lange, bis jeder tot ist. Jeden erwartet das gleiche Schicksal. Nur die Art des Sterbens unterscheidet sich. Der Soldat hat schon viele Arten gesehen. Manchmal geht es sehr schnell. Aber meistens geht es langsam. So langsam, dass man darum fleht, sterben zu dürfen. Der Soldat fühlt sich beengt. Als wäre er wieder verschüttet. Die Angst drückt auf seine Brust. Er bekommt keine Luft mehr. Er will nicht zurück, um langsam zu sterben. Er betrachtet sein Bein. Der Verband ist noch weiß. Er hat auch einen Verband um die Schulter. Der Arzt hat beifällig genickt. Es wird nicht lange dauern, bis sie ihn zurückschicken können. „Gut, mein Junge, alles ist gut", hat er gesagt. Als würde er mit einem Kind sprechen. Als würde der Soldat keine normale Sprache verstehen. Es sah gut aus. Nicht gut für ihn, sondern gut für die Armee. Der Soldat hat einen Entschluss gefasst. Geduldig wartet er, bis es Abend wird. Die Dunkelheit fällt herab, die Sanitäter bleiben verschwunden, es werden keine Soldaten mehr hinter den Vorhang gebracht. Die Sanitätssoldaten wischen das Blut auf. Die Ärzte gehen in ihre Zelte. Nur ein einziger Arzt bleibt hier. Er sitzt mit dem Rücken zum Soldaten und schreibt beim

Licht einer Kerze. Nur die Verwundeten kommen nicht zur Ruhe. Der Schmerz schläft nicht. Das Stöhnen, das Beten, das leise Weinen geht weiter. Ab und zu übertönt vom fernen Grollen der Front.

Mit großer Mühe setzt sich der Soldat aufrecht hin. Er kneift die Augen zu. Beißt auf die Zähne. Nicht auf die Schmerzen achten. Er muss hier weg. Mit seinem gesunden Arm greift er nach dem Gewehr, das er am Nachmittag neben sich gezogen hat. Er stößt sich selbst hoch. Der Bunker dreht sich um seine Achse. Einen Moment lang wartet er. Bis der Boden aufhört sich zu drehen und das Rauschen aus seinen Ohren verschwindet. Vorsichtig stolpert er, das Gewehr als Stütze unter dem Arm, nach draußen. Ein Schritt vorwärts – *er* – ein Schritt vorwärts – *muss* – ein Schritt vorwärts – *hier* – ein Schritt vorwärts – *weg* – ein Schritt.

DAS MÄDCHEN

Es ist schon spät, als sie am Feldlazarett ankommen. Der Reiter steigt ab.

„Warte einen Moment hier“, sagt er, als er sie vom Pferd hebt. Er bindet das Pferd irgendwo fest und läuft davon. Das Mädchen greift nach einem Pferdebein und legt den Kopf daran. Im Feldlazarett ist viel Betrieb. Überall Geräusche. Schrille Geräusche. Laute Geräusche. Neue Geräusche. Sie versucht, sie zu entwirren und schnell in getrennten Schachteln unterzubringen. Doch es sind zu viele, sie sind zu laut, zu sehr ineinander verwoben. Das Brummen eines schweren Motors. Laut geschriene Befehle. Stiefel, die vorbeimarschieren. Metallisches Klirren und rhythmisches Klopfen. Pferdebeine stapfen vorbei, die einen schweren Wagen ziehen. Die Räder knarren und der Schlamm saugt an den Pferdehufen. Sie spürt Menschen um sich herum, weiß aber nicht, wer sie sind und was sie tun. Niemand sagt etwas zu ihr. Die Soldatengerüche sind hier noch viel intensiver. Der Schlamm, der Schweiß, das Blut. Das Gas, das Holzfeuer. Sie bilden eine schwere Mischung, die nirgends so stark ist wie hier, die sie nach Luft schnappen lässt, die sie würgt. Das Mädchen schiebt die Nase in das Pferdefell. Es riecht nach Pferdeschweiß. Das Mädchen mag den Pferdeschweißgeruch. Pferdeschweiß ist verbunden mit dem Geruch nach frischem Heu und warmer Erde. Und das macht sie ruhiger.

Nach einer Weile kommt der Reiter zurück.

„Wir dürfen bei den Ärzten essen", sagt er.

Er löst sie vorsichtig von dem Pferdebein und führt sie an der Hand in ein Zelt. Es riecht nach Essen und Desinfektionsmittel. Es ist warm, sie hört Menschen miteinander sprechen, aber die Atmosphäre ist ruhiger als draußen. Das Mädchen spürt, dass noch mehr Menschen im Zelt sind, als sie hört. Die meisten sitzen schweigend an einem Tisch. Der Reiter führt sie zu einem freien Platz und schöpft ihr Suppe auf. Er selbst setzt sich neben sie. Das Mädchen legt das Brot auf ihren Schoß.

Die Suppe schmeckt seltsam. Als wäre Sand darin. Sie ist auch schon kalt, aber das Mädchen sagt nichts und isst alles auf. Nun versteht sie, warum dem Soldaten das Armeeessen nicht schmeckt. Die Ärzte um sie herum sagen nichts. Sie hört ihre Löffel in den metallenen Essgeschirren kratzen, und sie hört,

wie sie die Suppe schlürfen. Ihre Bewegungen sind langsam, ihr Atem geht schwer. Niemand fragt, was sie hier tut.
Nach dem Essen bringt der Reiter sie in ein anderes Zelt. „Hier schlafen die Sanitäter und die Pfleger, die keinen Dienst haben", erklärt der Reiter flüsternd. „Aber weil dauernd mindestens eine Person Dienst hat, ist immer ein Bett frei. Da kannst du schlafen." Er legt ihre Hand auf ein hölzernes Klappbett. Im Zelt ist die Luft schwer von ausgestoßenem Atem und ungewaschenen Körpern.
„Morgen suchen wir den Soldaten", sagt der Reiter, bevor er die Zeltklappe hinter sich zufallen lässt.
„Nein!", ruft sie. „Ich will ihn …" Aber der Reiter ist nicht mehr da.
„Psst!", zischt jemand rechts von ihr.
Das Mädchen schweigt. Sie will den Soldaten jetzt suchen! Sie will ihm das Brot geben. Sie hat schon so lange gewartet, sie will jetzt nicht mehr warten! Aber der Reiter kommt nicht zurück. Das Mädchen setzt sich aufs Bett. Erst jetzt merkt sie, wie müde sie ist. Wenn der Soldat hier ist, wird er jetzt wohl auch schlafen. Sie kann ihm das Brot ja morgen geben, zum Frühstück. Still legt sie sich auf das Bett. Es schlafen noch andere

Menschen in diesem Zelt. Sie spürt ihre Wärme und hört ihr Atmen. Auf dem Bett liegt eine raue Decke, die nach Pferden riecht. Das Mädchen legt sich auf den Rücken und lauscht auf die Geräusche. In der Ferne hört sie ein Grollen. Wird es ein Gewitter geben? Im Bett neben ihr schläft ein Mann. Ab und zu tritt jemand ins Zelt. Dann hört sie Stolpern, das Knarren eines Feldbetts und nach einer Weile schwere Atemzüge. Mitten in der Nacht kommt jemand herein und ein anderer geht hinaus.

Das Mädchen setzt sich auf. Sie ist todmüde, aber sie kann nicht schlafen. Es ist hier zu warm. Zu drückend. Und ihr Kopf bleibt wach. Vorsichtig rutscht sie vom Feldbett. Schritt für Schritt tastet sie sich vorwärts, bis sie die Zeltwand fühlt. Sie versucht, sich zu orientieren. Wo waren sie hereingekommen? Sie lässt die Hand über die Zeltwand gleiten, bis sie eine Stange fühlt. Und den Ausgang. Als sie die schwere Zeltplane zur Seite schiebt, spürt sie sofort die frische Nachtluft an ihrem Gesicht. Es ist still draußen. Nur in der Ferne dröhnt noch immer dasselbe Grollen wie vorher. Mit ausgestreckten Händen macht sie vorsichtig ein paar Schritte. Acht Schritte vom Zelt entfernt stößt sie plötzlich gegen etwas. Ihre Hände erkennen eine Kiste. Eine verschlossene, viereckige Kiste, so hoch wie die Bank. Das Mädchen steigt hinauf und setzt sich hin. Bei genauerem Lauschen hört sie jetzt, dass das Grollen kein Donner ist. Es sind einzelne Explosionen, die manchmal ineinander übergehen. Dazwischen hört sie kürzeres Knallen. Ist das die Front? Dann kann sie nicht sehr weit sein. Sie versucht sich vorzustellen, wie laut die Explosionen sein müssen, wenn man dicht daneben ist. Haben die Soldaten Angst? Der Soldat hat gesagt, er habe Angst. Hat Papa Angst? In seinen Briefen schreibt er nie etwas über die Front. Er schreibt nur, dass er an sie denkt. Und an Mama. Und dass er ihr Foto immer bei sich trägt. Er schreibt nie, wie es ist, die Explosionen zu hören. Und daran zu denken, dass man vielleicht stirbt. Sie vermisst ihn. Und sie vermisst auch den Soldaten. Wenn der Krieg aufhören würde, würden sie beide zurückkommen und nie mehr an die Front müssen.

Es raschelt. Ein Pferd schnaubt.

„Kannst du nicht schlafen?“, fragt die Stimme des Reiters. Sie spürt, dass er sich neben sie auf die Kiste setzt.

„Nein. Du auch nicht?“

„Nein.“

Er sucht etwas in seiner Tasche, und kurz darauf kitzelt sie der Geruch von Tabak in den Nasenlöchern.

„Es ist Vollmond“, sagt er still. „Er ist sehr groß. Und der Himmel um ihn herum ist violett.“

„Gibt es Sterne?“

Der Reiter hebt den Kopf.

„Ja.“

„Wenn du eine Sternschnuppe siehst, darf ich mir dann etwas wünschen?“

DER SOLDAT

Er sitzt in einem trockenen Graben neben der Straße und ruht sich aus. Der Schmerz klopft in seinem Bein. Er weiß nicht, wie lange er schon gelaufen ist. Oder wie weit. Der Mond hängt groß am Himmel. Hinter den deutschen Linien. Der Himmel um ihn herum ist violett. Es ist still. So still, wie es in einem Krieg sein kann. Immer hört man irgendwo etwas einschlagen. Dann zittert die Erde und flackert der Horizont. Doch in der Nähe ist es still. Der Soldat würde gern schlafen. Bis er nicht mehr so müde ist, bis er keine Schmerzen mehr spürt. Aber das ist zu gefährlich. Er ist noch zu sehr in der Nähe. Zu sehr in der Nähe der Front. Zu sehr in der Nähe vom Lazarett. Zu dicht in der Nähe der Menschen, die ihn sofort wieder in den Kampf werfen wollen. Aber er kann nicht mehr. Er lehnt sich zurück in das nasse Gras, das am Rand des Straßengrabens wächst. Er schließt die Augen und versucht, alle Geräusche und alle Eindrücke draußen zu lassen. Er versucht, nicht mehr hier zu sein. Nicht mehr da zu sein. Wie schön wäre es, wenn er ganz leer werden könnte, keine Schmerzen mehr, keine Angst mehr, keine Gedanken mehr.

Ihm ist, als hörte er in der Ferne Singen. Sind das die Schmerzen, die ihn seltsame Dinge hören lassen?, überlegt er. Aber das Singen scheint näher zu kommen. Er setzt sich gerade hin und lauscht aufmerksam. Er hört wirklich ein Singen! Soldatenlieder, raue Kehlen, krampfhafte Fröhlichkeit. Um die Angst nicht zuzulassen. Er kennt das. Wie oft hat er mit seinen Kameraden ihre Lieder von zu Hause gesungen? Um die Angst zu vertreiben. Doch zugleich entfernt einen jeder Schritt von der Ruhe und bringt einen näher zur Front. Das Singen schwillt an, und nun sieht er sie auch. Eine Kolonne Soldaten, die nach ihrer Ruhe im Dorf wieder zur Frontlinie ziehen. Eine dunkle Gruppe, die sich gegen den violetten Himmel abhebt. Er hört das Aneinanderschlagen ihrer Gewehre und ihrer sonstigen Ausrüstung, das Stampfen ihrer Stiefel und das Rascheln ihrer Mäntel, als sie an ihm vorbeilaufen. Er hält sich still, versteckt in dem tiefen Schatten des Straßengrabens.

„Stacheldraht“, warnt der erste. Er geht um das Hindernis auf der Straße herum. „Stacheldraht“, wird die Warnung von der nächsten Stimme übernommen. Das Lied ist zu Ende. Einer der hinteren Soldaten stimmt ein neues Lied an, wird aber

von seinen Kameraden kaum unterstützt. Die Front kommt zu nahe. Jeder will sich in seinen eigenen Kopf zurückziehen. Eine kurze Vorbereitung auf etwas, worauf man sich nicht vorbereiten kann. Als die Soldaten weiterziehen, wird es wieder still. Eine Stille, die immer tiefer wird, sich immer weiter in seine Seele bohrt. Er ist allein. Sie haben ihn nicht bemerkt, sie haben ihn zurückgelassen. Niemand weiß, wo er ist. Es kümmert auch keinen, wo er ist. Und niemand weiß, wer er ist. Noch nie hat er sich so einsam gefühlt. Fast möchte er aufspringen und der Kolonne hinterherlaufen. Aber er tut es nicht. Er gehört nicht zu ihnen. Er gehört nicht in diese kalte Welt, die er nicht versteht. Er gehört nicht in diesen Krieg, der nicht seiner ist. Warum kämpfen die Weißen ihre Streitigkeiten nicht untereinander aus? Warum schleppen sie aus allen Teilen der Welt Menschen an, um für sie zu sterben?

Der Tau auf dem Gras dringt durch seinen Mantel, ihm wird kalt. Er schließt die Augen und denkt ganz fest an die Sonne. Die sengende Sonne, die die Blätter verbrennt und die Luft erzittern lässt. Aber er kann sie sich nicht mehr vorstel-

len. Seine Erinnerungen sind nicht lebendiger als die abstrakten Worte, die er dem Mädchen erzählt hat. Er kann sie nicht mehr sehen, nicht mehr fühlen. Er kann sogar das Gesicht seiner Frau nicht mehr sehen. So sehr er sich auch bemüht.
Der Soldat senkt den Kopf und weint.

Der Mond ist schon untergegangen, als er wieder Soldaten hört. Nun kommen sie aus der Richtung der Front. Sie singen nicht. Ihre Schritte sind schleppend. Als sie an ihm vorbeiziehen, hört er, dass sie noch nicht einmal miteinander sprechen. Einer von ihnen steckt sich eine Zigarette an. Die Flamme flackert auf. Sein Gesicht ist schmutzig, in seinem Stoppelbart hängt Blut, und seine Augen liegen tief in den Höhlen. Er sieht alt aus. Die Soldaten schleppen sich langsam um den Stacheldraht herum, der mitten auf der Straße liegt. Als ob ihnen jeder Umweg zu viel werden könnte.
Der Soldat bleibt still und lässt sie vorbeiziehen. Hinter der deutschen Linie steigt das Morgengrauen auf.

DAS MÄDCHEN

Die Geräusche im Feldlazarett fangen früh an. Menschen laufen hin und her. Etwas weiter weg hört sie Spaten in die Erde stechen und riecht den Geruch frisch ausgegrabener Erde. Ein Auto kommt angefahren. Verwundete Soldaten werden eingeladen. Das Mädchen hört die Fragen, die sie den Sanitätern stellen. Sie hört ihr Stöhnen, als sie in den Wagen geschoben werden. Sie hört das unregelmäßige Humpeln von Krücken. Unwillkürlich spitzt sie die Ohren nach der Stimme ihres Vaters, aber er ist nicht hier. Zwei Pferde kommen dicht an ihr vorbei. Ihre Hufe setzen träge, bedachtsame Schritte. Sie ziehen einen Wagen. Mit ungeschmierten Rädern. Das Mädchen riecht die warmen Pferdeleiber, aber sogar ihr Geruch wird verdorben durch den Gestank von Fäulnis, der schwer über allem hängt. Das Schnauben der Pferde hört sich erschöpft an.

Das Mädchen bleibt noch eine Weile liegen, den Kopf an den Reiter gelehnt. Er hat eine Decke geholt und ist die ganze Nacht bei ihr auf der Kiste geblieben. Sie hat ihm von Papa erzählt, der schon so lange weg ist. Von dem Soldaten, der ihr von Afrika erzählt hat. Von ihren Träumen, wenn die Ambulanzen ins Dorf fahren. Dann riecht sie das Gas und hört Papas Stimme zwischen anderen Stimmen. Und wenn sie aufwacht, weiß sie nicht, was wahr ist. Aber heute Nacht hat sie nicht geträumt.

„Ist es schon hell?“

„Noch nicht ganz“, sagt der Reiter leise. „Bleib noch ein bisschen liegen.“

Aber das Mädchen schüttelt die Decke von sich. „Nein, ich will den Soldaten finden.“ Sie lässt sich von der Kiste rutschen und greift nach der Hand des Reiters. „Komm!“

„Warte, warte. Es ist keine gute Idee, in den Bunker hineinzugehen. Fragen wir doch erst einen Arzt.“ Er hebt sie hoch und setzt sie wieder auf die Kiste. „Halte die Decke fest und bleib hier sitzen“, sagt er und geht weg.

Aber das Mädchen lässt sich wieder zu Boden gleiten. Sie hat nun wirklich lange genug gewartet. Sie streckt die Hände aus und macht acht vorsichtige Schritte in Richtung des Zeltes, in dem sie geschlafen hat. Nach kurzem Tasten findet sie den Eingang. Das Bett links neben der Tür ist das, in dem sie geschlafen hat.

Erschrocken zieht sie die Hand zurück. In dem Bett liegt jemand! Vorsichtig lauscht sie, ob er wach ist. Aber er sagt nichts.
„Was tust du hier?“, fragt eine Stimme hinter ihr.
„Ich … ich suche mein Brot.“
„Dein Brot?“ Der Mann kommt näher. „Unter dem Bett liegt ein Brot.“
Das Mädchen kniet sich hin und tastet über den Boden. Ihr Brot ist herausgefallen. Es steckt nicht mehr in dem Tuch. Vorsichtig bläst sie den Sand ab.
Als sie wieder hinausgehen will, hört sie draußen die Stimme des Reiters.
„Ein Afrikaner, hat sie gesagt.“ Er geht am Zelt vorbei. „Aber sie kann ihn nicht beschreiben.“ Ein Stück weiter bleibt er stehen. Sie kann ihn durch das Zelttuch gut verstehen.
„Ja, gestern ist ein Neger hier gewesen“, sagt eine andere Stimme nachdenklich. Das Mädchen hält die Luft an. „Er war tatsächlich einer der Tirailleurs vom Bombardement … schrecklich war das. Ein Glück, dass sie noch nicht abgelöst waren, sonst hätte es unsere Jungen getroffen.“ Der Reiter murmelt etwas, was das Mädchen nicht versteht.
„Aber heute Morgen … nein, ich kann mich nicht erinnern

… nein, er war nicht mehr da. Wahrscheinlich ist er heute Nacht gestorben. Wenn du dich beeilst, kannst du in der Grube …“

„Nein, danke, ich …“, unterbricht ihn der Reiter. Das Mädchen hört nicht mehr, was der Mann sagt oder was der Reiter antwortet. Langsam sinkt sie in die Knie und setzt sich auf den Boden. Das Brot in ihrem Schoß ist hart und kalt. Warme Tränen fallen darauf.

Sie merkt nicht, dass der Reiter hereinkommt.

„Mädchen“, sagt er leise. Das Mädchen reagiert nicht. Der Reiter bleibt stehen. Er seufzt.

„Komm, ich bringe dich wieder zum Dorf.“ Er hebt sie hoch und trägt sie zu seinem Pferd. Sie klammert sich an das Brot.

DER SOLDAT

Die Sonne steigt wie ein großer zartrosafarbener Ball am Horizont auf. Dicke Nebelschwaden hängen tief über den Feldern. Wasservögel plantschen in einer Pfütze auf der Weide. Das ist das einzige Geräusch in der Umgebung. Sogar an der Front ist es still. Beide Seiten stehen stramm Wache, gefasst auf einen Angriff des anderen. Der Soldat betrachtet die Sonne, die Nebelschwaden. Eigentlich müsste er den friedlichen Anblick genießen. Aber er kann es nicht. Er fühlt sich noch einsamer, wenn er das sieht. Seine Muskeln sind verkrampft und seine Knochen tun weh. Der Verband um sein Bein ist nicht mehr weiß, darunter spürt er sein Herz klopfen. Sein Mantel und seine Hose sind nass, und die kalte Nachtluft ist ihm tief in die Lungen gedrungen. Es gibt keine Worte mehr, um zu beschreiben, wie er sich fühlt. Er fühlt nichts mehr. Er existiert nicht mehr. Es wäre gut, nicht mehr zu sein. Es ist die einzige Art, um nicht erneut in die mordende Mühle gezogen zu werden. Denn kommt es nicht immer auf dasselbe raus? Letztendlich? Am Ende ist niemand mehr da. Dann erst wird der Krieg vorbei sein. Der Soldat hat keine Angst davor, nicht mehr zu sein. Er hat Angst vor den Schmerzen, die es macht. Er schaut wieder zur Sonne über den Frontlinien. Wenn er als Kind Alpträume hatte, sagte seine Mutter immer, die Sonne würde sie alle wieder wegspülen. Hier geht der Alptraum auch tagsüber einfach weiter. Die Sonne spült nichts weg, sie macht alles nur noch schrecklicher. Seine Mutter … auch sie ist nicht mehr. Würde er sie wiedersehen? Würden alle Menschen sich je wiedersehen? Würde er seine Frau wiedersehen? Seinen Sohn? Er kann sich ihre Gesichter noch immer nicht vorstellen.

Langsam beugt er sich vor und knotet die Schnürsenkel an seinem Stiefel auf. Er zieht ihn aus und stellt ihn neben sich. Er zieht seinen Socken aus und stopft ihn in den Stiefel. Ein anderer Soldat wird sich darüber freuen.

Er lehnt sich im Straßengraben zurück. Nimmt das Gewehr, das neben ihm liegt. Kontrolliert die Kugel. Entsichert. Das Metall fühlt sich kalt an in seinem Mund. Sein großer Zeh passt genau in den Abzug. Mit einer Hand tastet er in seiner Tasche nach der Maske. Er umklammert sie, bis die scharfen Kanten in seine Handfläche drücken. Die Ahnen haben ihm nicht geholfen. Er ist für ihre Kraft zu weit fort von zu Hause.

Die Wasservögel werden erschrocken aufflattern. Aber sonst würde niemand gestört. Kein anderer wird es wissen. Kein anderer wird ihn vermissen. Irgendwann werden sie ihn finden und begraben. Und dann kann seine Seele zurückkehren. Er schließt die Augen. An der Front ist es noch immer still.

Doch ganz in der Nähe hört er ein Geräusch. Wie das Hufgetrappel eines Pferdes.

DAS MÄDCHEN

Der Reiter spornt das Pferd an. Er schnalzt mit der Zunge. Sofort verändert sich der Rhythmus der Pferdehufe, und das Mädchen spürt, dass sie schneller werden. Sie hält die Luft an. „Alles in Ordnung? Entspanne dich!“, sagt der Reiter in ihr Ohr.

Sie versucht zu tun, was er sagt. Der Pferderücken bewegt sich auf und ab, wie ein Boot auf den Wellen. Sie fühlt den Wind in ihrem Gesicht, hört die Wasservögel in den Weiden und die Pferdehufe auf der Straße. Tadam … tadam … tadam … Als sie auf den Rhythmus achtet, merkt sie, wie die Beine und der Pferderücken die gleichen Bewegungen machen. Was sie fühlt und hört, ist genau gleich. Der Reiter hält mit einer Hand die Zügel fest, den anderen Arm hat er um ihre Taille gelegt. Das Pferd schnaubt und atmet laut. Einen Moment lang war es unheimlich, aber jetzt hat das Mädchen keine Angst mehr davor herunterzufallen. Sie kann an nichts anderes denken als an die Bewegungen unter ihr. So sollte es immer sein, schwebend auf dem Rücken des Pferdes. Nichts, worum man sich Sorgen machen muss. Kein Krieg. Nur das Pferd und sie.

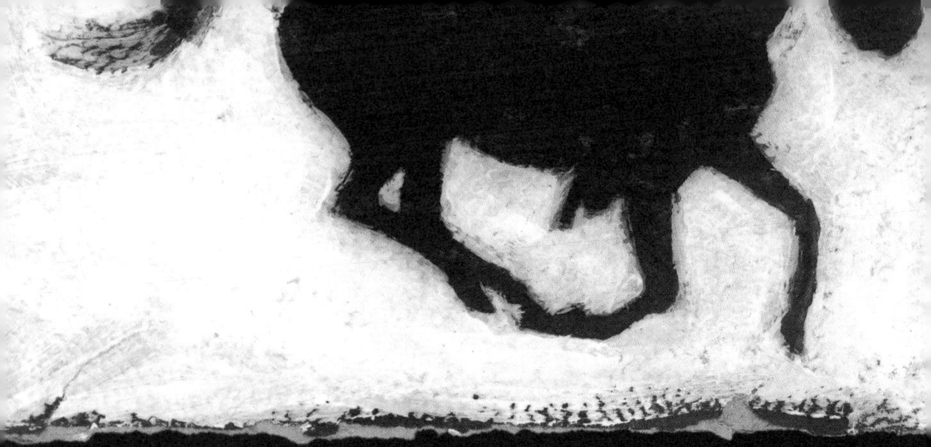

DER SOLDAT

Der Soldat lauscht auf das Hufgetrappel. Es kommt näher. In einem gemächlichen Galopp. Er legt das Gewehr neben sich und wartet. Er will nicht, dass ihn jemand hört. Er will allein sein. Das Pferd kommt näher. In ein paar Sekunden wird es an ihm vorbei sein. Und nach einer Minute wird er sogar die Hufe nicht mehr hören und wieder allein sein. Doch dann

DAS MÄDCHEN

Plötzlich ist es, als würde das Pferd zu Boden stürzen. Es macht einen Tritt zur Seite, richtet sich ungelenk auf. Es geht alles sehr schnell. Das Mädchen versteht nicht, was geschieht. Das Pferd bäumt sich auf. Das Brot fällt zu Boden. Das Mädchen schreit. Das Pferd wiehert und bäumt sich wieder auf. Der Arm des Reiters lässt sie los. Etwas schlägt auf den Boden auf. Das Mädchen schlingt die Arme um den Pferdehals. Das Tier trampelt immer noch. Es zerrt. Als würde es in etwas feststecken. Sie fühlt, wie sich seine Nackenmuskeln anspannen. Es schnaubt und wiehert erneut. Man hört seine Angst. Das Mädchen klammert sich noch fester. Sie will nicht hinunterfallen. Das Pferd hört nicht auf zu stampfen. Wo ist der Reiter? Das Pferd tritt mit den Hinterbeinen aus, und jedes Mal wird das Mädchen mit dem Kopf gegen den Pferdehals geworfen. Sie fühlt, wie sie weggleitet, ihr eines Bein … nein … sie drückt beide Beine an das Pferd. Sie darf nicht hinunterfallen! Ruhig, Pferd, ganz ruhig, denkt sie, aber das Pferd hört sie nicht.

DER SOLDAT

Das Pferd wiehert. Ein Kind schreit. So schnell sein steifer Körper es erlaubt, springt der Soldat hoch. Er denkt nicht an seine verletzte Schulter. Er versucht, nicht auf sein verwundetes Bein zu achten, als er aus dem Graben klettert. Nebel zieht über die Straße. Das Pferd steht ganz nahe vor ihm. Es zerrt an den Vorderbeinen und tritt nach hinten aus. Wirft den Kopf hin und her. Dann sieht der Soldat, was los ist. Das Pferd hat sich im Stacheldraht verfangen. Schaum steht ihm auf den Lippen, seine Augen sind weiß vor Angst. Es hat seinen Reiter abgeworfen. Der Mann liegt stöhnend auf dem Boden. Ein Mädchen klammert sich am Hals des Pferdes fest. Es ist noch ein Kind.
Ein Kind.
Ein Mädchen.
Das Mädchen.

Der Soldat macht ein paar Schritte, er will ihr helfen, aber das Pferd weicht verängstigt zurück. Es fängt wieder an zu wiehern.

Der Soldat bleibt stehen.

„Ganz ruhig“, sagt er zu dem Pferd. Er macht beruhigende Geräusche und schaut dem Pferd in die Augen. Schritt für Schritt kommt er näher. Er sagt kleine sanfte Wörter. So, wie er die Ziegen zu Hause beruhigt. Das Pferd dreht die Ohren in die Richtung seiner Stimme. „Alles ist gut, ganz ruhig.“ Es ist, als würde ihn das Pferd verstehen. Es hört auf zu stampfen. Der Stacheldraht hat sich in sein Bein gebohrt. Vorsichtig löst der Soldat ihn. Das Pferd erschrickt, tritt aber nicht aus. Er nimmt das Pferd am Zügel und führt es zwei Schritte zurück, sodass es nicht mehr in den Draht treten kann.

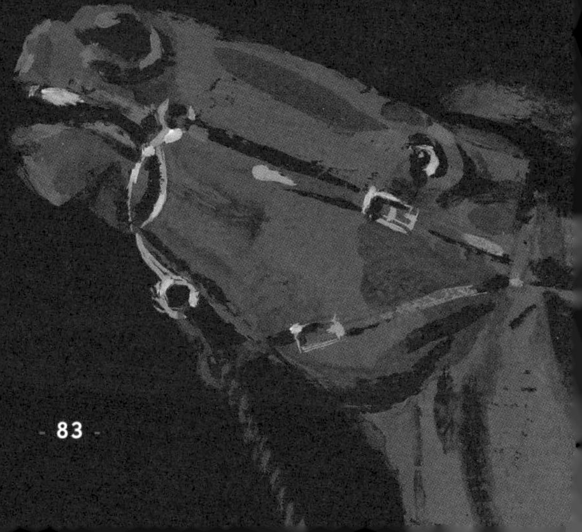

Das Pferd hebt den Kopf und wiehert leise, aber es trampelt nicht mehr. Es geht ein paar Schritte rückwärts.
„Ssst, ssst", sagt eine Stimme beruhigend. Das Pferd schnaubt. „Ruhig, ganz ruhig, ruhig." Die leisen Worte beruhigen nicht nur das Pferd, sondern auch das Mädchen. Das Pferd bleibt mit erhobenem Kopf stehen. Das Mädchen bleibt liegen, die Arme um den Pferdehals geschlungen.
„Es ist alles in Ordnung", sagt die Stimme plötzlich dicht an ihrem Ohr. „Du bist sicher. Du wirst nicht fallen."

DER SOLDAT

Vorsichtig löst der Soldat die Arme des Mädchens vom Pferdehals. Er hebt sie vom Pferd und drückt sie an sich. Alle Muskeln seines Körpers sind gespannt.

„Alles ist gut“, sagt er beschwichtigend. Er streichelt über ihre Haare und spürt, wie sie sich endlich entspannt.

DAS MÄDCHEN UND DER SOLDAT

Das Mädchen schmiegt sich an den Mann, der sie auf den Arm genommen hat. Sie riecht ihn. Diesen Geruch. Wie von gerösteten Nüssen. „Du … du bist es“, sagt sie. Ihre Stimme zittert noch ein bisschen.

„Ja, ich bin es“, sagt der Soldat lächelnd.

„Wie hast du mich gefunden?“, fragt das Mädchen.

„Und wie hast du mich gefunden?“, fragt der Soldat zurück.

„Ich … ich habe gedacht, du bist tot!“, ruft das Mädchen. Und Tränen laufen ihr über das Gesicht. Sie kann es nicht ändern. Es scheint, als dränge die ganze Anspannung aus ihr heraus. Mit Tränen. Mit Worten. „Du bist nicht zur Bank gekommen, und da wollte ich dich suchen, aber dann sagte der Reiter, es hätte ein Bombardement gegeben, und dann sind wir zum Feldlazarett gegangen, und dort haben sie gesagt … du warst nicht da … und sie haben gesagt … Ich dachte, du bist tot.“ Sie will sich freuen, weil er nicht tot ist, aber sie kann nur noch weinen und drückt sich wieder an seine Brust. Ihre Schultern zucken. „Ich habe gedacht, du bist tot“, sagt sie gegen seine Jacke und atmet tief seinen Geruch ein.

Der Soldat streichelt ihr über den Rücken. „Ich bin nicht tot“, sagt er beruhigend. Doch zugleich spürt er einen schweren Stein in der Brust. Er schaut zu dem Straßengraben hinüber, in dem das Gewehr liegt, und fühlt den kalten Sandweg unter seinem nackten Fuß.

„Ich bin nicht tot“, wiederholt er, und spürt, wie auch seine Wangen nass werden.

Der Reiter ist aufgestanden und hält das Pferd am Zügel. Er steht ein paar Schritte weiter, weit genug vom Stacheldraht entfernt, und betrachtet das Mädchen und den Soldaten. „Dich haben wir also gesucht“, sagt er leise. Er schaut den fremden Soldaten an. Er fühlt sich unbehaglich bei der Szene. Der Soldat schaut ihn ebenfalls an und nickt. Danke, dass du dich ihrer angenommen hast, möchte er sagen, aber der Reiter schüttelt den Kopf, noch ehe er ein Wort ausgesprochen hat, als wolle er sagen, es ist in Ordnung, er müsse sich nicht bei ihm bedanken.

„Warum bist du nicht im Dorf geblieben?“, fragt der Soldat leise in ihr Ohr.

„Ich habe schon so lange gewartet.“ Das Mädchen wischt sich die Tränen aus dem Gesicht. „Ich wollte dich suchen.“ Sie

hört, dass der Soldat tief ein- und langsam wieder ausatmet. „Du musst mir versprechen, dass du das Dorf nie, nie mehr verlässt“, sagt er. „Versprichst du mir das?“

Das Mädchen nickt. „Ich verspreche es“, sagt sie leise. „Aber dann musst du mir auch versprechen, dass du immer wieder zur Bank kommst.“

Der Soldat schweigt, und sie spürt, dass er sie anschaut.

„Versprichst du mir, dass du nicht stirbst?“ Sie beißt sich auf die Lippe und hält den Kopf schräg.

Der Stein in seiner Brust drückt noch schwerer. Nun erinnert er sich wieder an das Gesicht seiner Frau. Und an das seines Sohnes. Sie sind noch da. Er hat sie noch nicht verloren. Mit einer Hand tastet er in der Tasche nach der kleinen Maske.

Im Osten bricht die Sonne durch den Nebel. Die Strahlen brennen nicht, aber sie fühlen sich warm an.

„Ich verspreche es“, sagt er heiser. Das Mädchen lacht.

„Ich habe ein Brot für dich gebacken“, sagt das Mädchen, und er stellt sie auf den Boden.

„Wir werden es zusammen auf der Bank aufessen“, sagt der Soldat, und sie greift nach seiner Hand.

Ein verlagsneues Buch kostet in ganz Deutschland und Österreich jeweils dasselbe. Das liegt an der gesetzlichen Buchpreisbindung, die dafür sorgt, dass die kulturelle Vielfalt erhalten und für die Leser bezahlbar bleibt. Also: Egal ob im Internet, in der Großbuchhandlung, beim lokalen Buchhändler, im Dorf oder in der Stadt – überall bekommen Sie Ihre verlagsneuen Bücher zum selben Preis.

Die Originalausgabe ist 2013 unter dem Titel *Het meisje en de soldaat*
bei Uitgeverij De Eenhoorn bvba erschienen

Gesetzt aus der ITC New Baskerville Std

The translation and production of this book are funded by the Flemish Literature Fund (Vlaams Fonds voor de Letteren – www.flemishliterature.be)

Flemish Literature Fund

Printed in Latvia
ISBN 978-3-941787-70-4
Unsere Trailer auf www.youtube.com/jacobystuart

Für Ilse, die mir beibrachte, nicht zu sehen.

ALINE

Für François und Urbain, die dabei waren.

ANN

Aline Sax, geb. 1984, ist eine bekannte flämische Historikerin. Ihr erstes Buch schrieb sie bereits mit 15 Jahren, es handelte vom Zweiten Weltkrieg. Sie schreibt historische Kinder- und Jugendromane, und ihre Bücher wurden vielfach ausgezeichnet.

Ann de Bode, geb. 1956, ist eine berühmte flämische Illustratorin, die bereits mehr als 200 Bücher illustriert hat. Für dieses Buch hat sie sich einen ganz neuen Stil anverwandelt.

Mirjam Pressler, geb. 1940 in Darmstadt, ist freie Autorin und Übersetzerin. Sie hat mehr als 30 Bücher geschrieben und außerdem viele Bücher aus dem Niederländischen, Englischen und Hebräischen übersetzt. Sie ist vielfach ausgezeichnet worden, u.a. mit der Carl-Zuckmayer-Medaille und für ihr Gesamtwerk als Autorin und Übersetzerin mit dem Deutschen Buchpreis, der Corine und der Buber-Rosenzweig-Medaille. Sie lebt in Landshut.